イタリー銃

左官屋宇兵衛

ふらんす堂

彫金入りイタリー銃を磨く春

宇兵衛

鴨二羽を射貫きぬ五ミリ弾ひとつ

宇兵衛

序

コロナ禍の間、澤のぼくの指導句会は、ほぼすべてメール指導に移行させていた。しかし、コロナ禍以前は、当然のことながら、ほぼすべてが、対面句会中心であった。

東京の句会で、「狩」の句が出ると、本書の著者である左官屋宇兵衛氏の句である。とびついてとって、句会の最中に、その句の自句自解を聞くのも楽しかった、また、句会の後の酒宴で、さらにその周辺の話をうかがうのもこころ華やいだ。

しっかりとしたテーマを持った俳人は強いと思う。本書『イタリー銃』にも確たる芯がある。猟の句なのである。

最初に驚いたのは、次の句であったか。

　短艇に拾ふデコイと撃ちし鴨

「デコイ」は鴨の形をした木の彫刻で、これを水に浮かべて野生の鴨を誘いだして撃つわけだ。この猟はデコイを浮かべて、身を隠すところから始まる。そのかなりの時間を費やすはずの猟、そのすべてが終わったところが描かれているのも巧みだ。「拾ふ」場所が水上であることに驚いたし、「短艇」という語を用いているところにも注目した。

鴨二羽を射貫きぬ五ミリ弾ひとつ

「五ミリ弾」というまことに小さな弾丸一つで、一羽ならず二羽までも射貫いてしまうとは。近くにいただろう二羽であるから、おそらく番であっただろう。それを同時に仕留めてしまうというあわれがある。そして、この句で着目すべきは「五ミリ弾」ということば、細部がしっかりとしているのだ。

野兎の耳は褒美ぞ犬にやる

撃ちえた野兎を、猟犬がはるかな草むらから咥えてきた。犬が渡してくれた兎の身から、耳二つを即座に切り離し、猟の褒美として、犬に与えたというのだ。犬は食べることを許されて、即座にむさぼってしまうのだろう。非情な句だが、猟師と猟犬の密接な信頼関係を、兎の耳という「もの」を通して、みごとに描いた。先のデコイの句もそうだったが、猟の最後の最後がくっきりと描かれるのだ。

引き金引く指先のなき手套嵌め

猟のための銃の引き金を引いているのだろう。しかし、ここではあえて猟の対象は示されない。ここでの描写の対象は、「指先のなき手套」になる。引き金を引きやすい手套が選ばれ、それをつけて非情な射撃がなされるのだ。省略のみごとさと描写の確かさ、その描写は触覚を刺激するものでもある。

羆撃ち抜きたる臼歯届出でぬ

羆を撃ち、その身から抜き取った臼歯を役場に届け出た、というのだ。羆駆除の助成金が出るのだろうが、森の王たる羆の命ともいえる臼歯がわずかな金に変えられてしまうことにあわれを感じる。と同時に、臼歯をてのひらに載せた際のずっしりとした物質感をも想像するのである。

熊の糞径に渦巻く跨ぎ越す

熊の糞が径に渦巻いているとは、一般人にとっては恐ろしい状況である。まだ新しい糞で、熊はつい先ほどまでここにいたようだ。できるだけ早くその場所から離れなければならない。しかし、猟をするものにとっては、熊がここに滞在したことの証明であり、撃ち取るための大きな手掛かりなのである。そして、「跨ぎ越す」と熊をも恐れない姿勢が示されるのだ。この熊は宇兵衛氏の銃口から果たして逃げおおせることができたかどうか。

巨軀の鹿ウインチに牽く顎に鉤

仕留めた大きな鹿は、人の力では運べない。巻き上げ機を使って、移動させている。「顎に鉤」を打って、ロープで縛っているのだろう。この踏み込んだ描写が、あくまで具体的で、なんともいたましい。

彫金入りイタリー銃を磨く春

表題句である。「彫金入り」とあるから、みごとな装飾のある高価な銃だろう。だからといって、単なる飾りではあるまい。春という季節、すでに猟期を終えている。多くの鳥獣を得させてくれた感謝と次の猟期でも同じような恵みをもたらしてくれることを願いつつ、銃を磨いているのだ。

そして、これは猟のみならず、俳句の成果をも重ねているのではないか。宇兵衛氏が、銃猟を始めたのは、それほど古いことではない。澤入会後である。どういうきっかけであったか、ぼくは知らない。しかし、猟を通して、自然に分け入り、自然と向き合うことで、俳句に大きな富をもたらした。そして、平成二十九年澤潺潺賞を受賞されてもいる。ここに澤を代表する作家となったのだ。

この序では、猟の句に終始したが、食、酒などに関わる秀句も多い。その繊細な味わいも楽しんでほしい、と願う。

この秋、「澤」はコロナ禍で延期していた、二十周年記念大会を開催する。そして、宇兵衛氏には、結城あき委員長を支える役目をお願いしている。この秋にまさに宇兵衛氏の第一句集が世に出るのはまことにめでたい。心からお祝いするものである。

また、本句集収録の後の句にも、秀句は少なくない。すでにして、第二句集も期待するところ大である。

令和五年五月吉日　武蔵野　水禽書屋にて　小澤　實

イタリー銃／目次

イタリー銃

左官屋 宇兵衛

奥座敷

平成二十一年

料峭や天火に詰めし豚ロース

花冷の尿意忘るる大伽藍

聖天の春の大根なまめかし

倦む昼や金魚のにほふ奥座敷

好日や目高の腹の膨れたり

束縛もなきに曲れる胡瓜捥ぐ

青嵐強精剤のビラ嬲る

かはたれの蜻蛉寄り来る優しき子

酒酌むに秋鰺炙る汝がをりぬ

新米や男料理の火は強し

冬草の煌めく道も此岸かな

非常灯青く点りし鉄扉凍つ

饒舌や焼鳥硬く酒温く

火男面

平成二十二年

鼻毛切り嗜む男初鏡

春昼や妻の弄へる琴の爪

丁字路を左折の途端丁字の香

花冷えの袋小路やもんじや焼

鵜鳴くやミステリマガジン旧刊読む

父匂ふ炭酸水割りウヰスキー

汗が目に火男面になりました

耳遠き老母に午睡いと易し

父の日に転職告ぐる息眩し

足るを知るただ伽羅蕗と茶漬け飯

六気筒エンジン全開旅行夏

病葉や献血あとのホルモン焼

流星や稲垣足穂蘇れ

燕去る小売市場の特売日

南瓜木偶笑ふ目鼻を刳り貫かれ

ジャケットの髑髏模様に風棲める
やはらかくペンの走りし四温の夜

木登り

平成二十三年

初日見に銚子つぱづれに来ただつぺ

指先に皮脂戻り来し春の雪

廻文は談志が死んだ陽炎へる

雨上がり花菜忽ち光り合ふ

望郷や叔母の寄越せる鮊子煮

蛇穴を出る日和らし鶏騒ぐ

古靴や売地査定に杉菜憂し

ありがていかつちけねえと桜餅

鶯や遅参告ぐるに声高々

木登りが得意手足の汗つかき

昇降機に香水強し摩天楼

電柱の片陰に入り刑事然

蟷螂の寄らば斬るぞの反り返り

源氏絵の引目鉤鼻三日の月

総身に向ふ捏鉢走り蕎麦

国宝の軒の安けさ秋の雷

鶴島を経て亀島へ松手入

巻き癖のカーペット伸し置炬燵

寒鯉や神池浅きに隠れなし

武勇伝

平成二十四年

屋根裏に探し物して暖かし

寄ればば点くＬＥＤや木瓜の花

過積載トラックぶつとぶ花無残

悔いなしと家継ぐ末子焼栄螺

君好むネタはちゆうちゆう蛸かいな

浪速弁跋扈したるや電波の日

蕭白画の笑ふ仙人冷房裡

夏雲や巨船の舫ふ原油槽

大賀蓮咲ける貯水池団地なか

ステンレス棒鋼が箸冷麺屋

猪肉の硬きや武勇伝聞きぬ

渡航せり老母と鈴虫と預け

靴紐を編み上ぐ蛇は穴に入る

さはやかや赤児に贈る銀の匙

冷まじや象山翁の顔写真

快走のアシスト自転車霧晴るる

小春風カラス小躍る水溜り

水槽の毬藻動かず年流る

備長と壁に大書き焼鳥屋

銃声の後に藪より赤ジャケツ

摂氏四度

平成二十五年

柊挿す漁師直営大食堂

焼き過ぎの目刺一連皿に鳴る

夜に研ぎし鎌の一閃ひじき刈り

箱罠を置き獣道薺咲く

子持ち鯊寄り来湾岸発電所

砂出しの浅蜊かそけき水音なす

トングもて残る楤の芽摘みにけり

コンビナート油槽仰ぐや潮干狩

城址真下汽水域なり蜆掻く

二川宿暖簾灼くるや桔梗紋

東海道鉄路灼けをり本陣裏

師の映る液晶画面蟻のぼる

玉串に買ひし榊にかたつむり

夏季補習教師笑顔に現るる

英製の男日傘や樫軸なり

鈴虫の脱皮頻りや魚粉盛る

アイロンに障子張替ふ動画に習ひ

林檎一片レッサーパンダ直立す

おんぶばつた見合ひて雄は雌の背へ

海鳥の屍重ねて台風過ぐ

角切りの鹿鎮めたり柄杓の水

鍵多きマンションの奥秋蚊鳴く

ゴンドラの秒速二丈山霧分く

新蕎麦にして天麩羅は小公魚

ジュラルミン鞄冷え切るギターの横

牝犬の乳首尖るや猟に入る

鋸刃鳴るや鮪の大首根

アンダースローの蜜柑受けたりソファーにて

酒飲まず鮟鱇の肝食ふべからず

登校に軒並み氷柱落せる子

肥ゆる子の笑窪は深し夜の餅

まりも冬摂氏四度の水の底

冬菜売り己が漬物自慢せる

早蕨

平成二十六年

霜被ふ絵馬の上に絵馬重ね置く

蒿が張る母の年豆枡に五分

杉板を横挽き六片巣箱なす

棕櫚縄に縛る巣箱や枝なき幹

早蕨の灰汁染む指に地図畳む

重曹に灰汁抜く蕨さみどりに

クシュと鳴る雲丹瓶詰の蓋パッキン

人の幅車の幅と春雪掻く

攩網に避く鱵突進簀立てなか

仕立船に炊く浅蜊飯二升釜

砂浜の墓地は明るし枸杞の芽摘む

茎立や荒砥に研ぎし鎌振ふ

天日干し海苔簀鳴りたりピシピシと

放り置く馬鹿貝の疾き砂潜り

臨海学校風呂の目地掃き砂拾ふ

天草の煮汁濾す布小紋柄

日焼け止め顔にスプレー目口窄め

海難救助艇ヨットに並むや信濃河口

強噴射にフェリー洗へり日焼人

樟脳船ビニールプール二周に尽く

素戔嗚尊迫り出し山車走る

蟬殻に卵管の形雌と知る

籠の蟬ジジと夜鳴きす子供部屋

鈴虫の幼虫呉るる屑菜添へ

鯊の子を目高と言ひて壜掲ぐ

作務衣揃へ奉仕作業や藪枯し

蝦夷鹿を谷に引き摺り沢に削ぐ

鹿肉のメンチカツなり豚脂二分

ビートルズ赤盤探す蔦這ふ店

椎茸の榾木杉葉に被ひ置く

畠無残猪の踏みつけ掘り起し

月の海入江湖沼や玄武岩

鯛焼きの一丁焼きぞ薄皮なり

馬車馬を独逸語に御す落葉道

白菜を洗ふ温水五十度維持

洗浄機水圧繰るや泥大根

落ち葉詰むる袋列なす教会裏

枯芝に背中擦る犬ツイストめく

天心とマント揃へぬ弟子四人

観山の師への絵手紙テムズ冬

六角堂ベンガラ冴えて浦波上

戦闘食

平成二十七年

新酒フェスタに百余の新酒十試す

撓りなき和竿立つれば鯊また鯊

パンケーキにかけて黒蜜足穂の忌

ブルーシートに割れ李朝皿東寺秋

一休像垂れ目垂れ眉秋の蟬

賀茂の朝落葉掃除機轟々と

木枯しを躱し銀座のビアホール

銃棄てしハンターの犬肥え始む

短艇に拾ふデコイと撃ちし鴨

寄せ鍋の灰汁掬ひたり膝に立ち

繭玉の小枝に下げて阿亀の絵

鴨二羽を射貫きぬ五ミリ弾ひとつ

鼠害なき諸より焼きぬアルミ箔
放られし海鼠わた吐くバケツなか
海苔乾しぬスポンジに水切りてより

残る鴨銃の気圧を満々に

大潮の礁や鹿尾菜刈りに刈る

戦闘食三箱余せり猟期終ふ

コッヘルに煮て野遊びのカレーなる

眼鏡蔓チタンに軽しつばくらめ

越の春大徳利に注ぎ注がる

菫植う栄螺の殼に土詰めて

跡取り僧京に修行や蝌蚪生る

師ののの字大き渦なり夏燕

火酒に噎す犯罪小説最終章

サーファーガール彼氏名入りの板抱ふ

汝を愛す水に浮かべて薔薇の花

西日照る駅に機銃の掃射痕

嫁噴かす制汗剤や胸の谷

鸊逃げぬ大足に藻を踏みしだき

白き蛾の尿飛ばしぬ羽化終へて

兜虫捕れし櫟にリボン巻く

水死者のあがる水門蛇泳ぐ

O脚の膝摺りあはせ横泳ぎ

はけの道黒き蜻蛉に追ひ越さる

スパッツに締め込みきりり角力女子

鈴虫の鳴き猛々し共食ひあと

秋日照る鳥舎のをんどり二羽間引く

猪罠の鉄気紛らす雨乞へり

女案山子の胸の高さにタオル巻く

零余子やり鶏卵貰ふ笊ひとつに

褒美

平成二十八年

弥栄や「澤」を率ゐて年男

甘露なり輪飾りつけて浄水器

百歳の伯母高笑ふ初電話

猟銃に山鳩散りぬ身も尾羽も

熊のあぶら煮込まうぞ黄ばみをるなり

ひと網に捕る鴨十余屑米撒き

野兎の耳は褒美ぞ犬にやる
西比利亜に帰る鴨なりみな肥えて
蛍烏賊攩網に掬ひぬ港なか

落し角濡らし削るや首飾り

ハンガーを買ひ来て若布吊しけり

憲法記念日ドアに国旗ぞ磁石貼り

楤の芽摘む拇指より小さきもの摘まず

牛蛙跳ねて小蛙丸呑みす

燕孵る旧質蔵の喫茶店

土器片を刷毛もて撫でぬ日焼顔

蓮咲くや榧の木刳りし丸木船

梁に待つ親燕なり雨戸開くを

堺包丁刃紋凛々しや鱧骨切る

子だくさん晶子汗だく髪みだれ

蓴菜や好きか嫌ひかどつちやねん

ボート漕ぐ前屈の背に力溜め

波乗りのスーツ脱ぎたり赤き肌

夜店の灯汝のすっぴんを輝かす

貝塚の馬蹄の形や榕若葉

蔵元の庭清水酌む利き酒も

土手見上げたり草刈機刃を替へて

ラーメンに荒布刻むや漁師町

女座長片肌脱ぎぬ殺陣間近か

冷麺に強き腰あり負けず噛む

焼き岩魚くづす炊き込み御飯の上

水鱧や傘寿の芸妓三味弾けり

鹿笛や雄鹿猛りて山降り来

除染土嚢五段積みなり露ひかる

藷掘りの子に藷蔓を断ちておく

瓜坊の生ハムを削ぐ踵持ち

竹棒に自然薯くくる蔓をもて

ヘリコプタより新米投下山小屋へ

天高し町にあまねく水湧きぬ

猪罠の餌酒粕を振る舞へり

初猟や新無線機のビニル剝ぐ

馬喰の裔は馬刺屋葱刻む

鴨の胸押さへ腸抜く鉄鉤に

冬かもめ鵜の呑みかけし魚さらふ

ヘッドライトに竦みし狸眼は銀色

山釣りや熊スプレーと鈴腰に

短筒捕り

平成二十九年

馬鹿貝採る高圧水に砂地噴き

公魚釣る極小鈎を鬣子に刺し

竹篦に岩海苔削ぐや弓手に笊

寄居虫の殻替へにけりアクリル槽

肥後の守に切る夏みかん鋼の香

青む土手に木箱置きあり野猫用

山鳥のどど羽根打つ求愛ぞ

錘巻き海女ひるがへる船端に

春鮒釣るデッキチェアーに腰しづめ

魚の粗つけし小網ぞ蝤蛑掛く

粘着テープに犬の毛拾ふ背広春

茶を摘みぬ我は軍手に妻素手に

軍馬慰霊祭長き人参供へたる

労働祭赤き胴衣の犬歩く

手長蝦短筒捕りや米糠入れ

箒持ちて泳ぐ四万十緩き淵

足垂らし橋に涼むや舟より声

漁協前常夜灯あり小鳥賊釣る

かみつき亀捕ふ警官汗みどろ

地引網に赤鱏入るや放りたる

海鳴りや玉葱抜くる砂の畑

蠅虎ルーペに覗く小瓶かな

土器出づる畠や在《ざい》来《らい》大《だい》豆《ず》蒔く

足に踏み麦脱穀す十束ほど

鍬形の標本ぞ湯に脚ほぐし

山車廻す若衆の梃子撓りたり

野天湯の脱衣籠なり蟬の殻

水平線に振り切る竿や鱚狙ひ

をんな御輿引き詰め髪に水浴ぶる

手数入りや杜によいしよの声とほる

中元や調査捕鯨の肉二キロ

梨重し「秀」なる金の肩章

盆僧の単車新し雪駄また

猪は歯に扱き青き穂田に散らす

給水所に西瓜切り置く村マラソン

火力発電所放水の岸鯔飛びぬ

軒の巣ごと秋蜂燻す藁火にて

入れ替はり女湯となる十三夜

濁り酒瓶を逆さに振りて買ふ

造船所製仕込み桶なり新酒汲む

湖岸秋鮠呑む鷺をまのあたり

褌担ぎ自転車急くや外股に

冷まじや黒塚横に線量計

ロボットの弾くパガニーニ文化の日

鯖湖湯の番台低しパッチ脱ぐ

歯にカチッとばら弾ひとつ鴨ソテー

鰭酒の青き炎や蓋に閉づ

虎と豹つがひぞ名古屋城襖

冬日に干す鱓の開き網を掛け

寒がらす浜に鱓の腸を引く

ホルン鳴り森出づる鹿冬毛濃し

短軀犬頭を振り狂ふ野兎啌へ

畳鳴らし受け身冴えたり演武会

鮟鱇の腸は残さず鰓も食ふ

引き金引く指先のなき手套嵌め

蘆小屋に野鴨捌くや鍋たぎる

レゲエ

平成三十年

春光や川に放てる鮭の稚魚

朝釣りの眼張煮付けぬ酒たつぷり

栄螺獲る三つ叉銛に捻り取り

青海苔摘む線量減りて七年経

韮レバ炒め元気の素ぞ御代はりす

クルーズ船埠頭に聳ゆ春灯

牛蛙の子逃げ去りぬばしやばしやと

野蒜掘り妻と互ひの指嗅ぎぬ

雉つがひ駆け込む藪や先に雄

弁当の常節甘し婆煮たる
常節をがつんと剝がし腰魚籠へ
うはばみ草味噌まぜ叩く鉈の背に

恋猫の顔に血糊ぞ背の毛立つ

黒毛犬撫づ山蜂の針抜きて

木匙に食ひおぼろ豆腐や山葵擂り

朝靄にひとり田打ちぞエンジン鳴る

甲板に鰆血抜きや延髄断ち

蟇鳴くや草木塔の覆ひに雨

伐りに伐り田沢の樵斧冷す

古備前の二石甕撫づ冷酒に酔ひ

吉本隆明語り館長鬚に汗

蔵奥に三輪明神や冷酒含む

銀行員田植ゑ機に乗る婿入りすぐ

コンベアに鰹仕分けぬ二尾づつ乗せ

泥鰌浮く盥に古きハンダ跡

合鴨雛こぞりて植田掻き濁す

メロンの蔓T字に剪りぬ蔕真上

防虫服ミシンに縫ひぬ古蚊帳截ち

梅干しの大笊匂ふ夜の廊下

麦酒注ぐ泡三割の掟あり

茄子採りぬ弓手に温き実を摑み

木に登り梅の実落とす地下足袋履き

鯖寿司や醬油匂へる銚子駅

老人ホームに回転寿司ぞレール敷き

銀閣寺ええ庭どすえ暑おすえ

千曲川原小屋に鮎ラーメンぞ出汁も鮎

盆の寺みせて地獄絵銅鑼鳴らし

ジャージ着て種採り婆や長座り

枝豆の御八つよ莢は枝に残す

老犬載せベビーカー押す踊りの輪

一茶住みし土蔵ひんやり窓一つ

松茸食ぶホイル・金網・土瓶・鍋

無言館にて
孫遺作祖母秋羽織着て笑みぬ

鬼に子を渡して泣かす盆狂言

下稽古の役者ぞ夜食二回とる

鳴啌へ沙蚕長しよ嘴にくねり

ジーンズ工場にレゲエ聴きたり児島秋

落花生の香立ちぬ鍋の冷めてより

橡の実の加工場ありぬ縄文谷津

秋時雨送電碍子ジジジと鳴る

麻薬探知犬嗅ぎ廻りたり冷えし荷を

猟犬の後追ふ鉈に藪を分け

ギターケースに猟銃運ぶ奏者めかし

野焚火に山鳩焼きぬ味噌まぶし

ラジコンボートに鴨の回収鉤に引き

難民に送る亡父のラクダシャツ

焼鳥を食ひぬぼんじり九羽分

鴨の背割く缶バーナーに産毛焼き

鉱石ラジオ聴きぬ冷たきコイル巻き

水揚げや吻なき旗魚縞ひかる

Uターンの見習ひ漁夫や旗魚獲る

枯蘆をパキパキ踏みて小舟出す

歳末や婦警司会に詐欺寸劇

鰤しゃぶや出汁に潜らせひーふーみ

白鳥の野禽脅せり首振りて

真鴨二羽射程に入りぬ雄を撃つ

猪狩や公報にみてベクレル値

麻袋に鴨詰込みぬ手羽折りて

蘆小屋に鴨吊るしたり嘴突き刺し

本堂にジャズ演奏ぞ屏風立て

飼育猿焼き藷食ひぬ冷むるを待ち

放血の野兎ぞ後足縄に吊り

熊の穴燻せり銃の先向けて
獲物熊身に塩振りぬ山に謝し
熊丼食ぶ仕留めし人の食堂に

褌に餅奪ひ合ふ禰宜の前

硝煙

平成三十一年

ポンポンと浜に六基のどんど爆ず

巨軀の鹿ウインチに牽く顎に鉤

ナイフの柄鹿角製ぞ鹿皮剝ぐ

腸抜きて鹿洗ひたり高圧水

「鹿来たぞ」牧場主よりＬＩＮＥ来る

熊笹に鹿逃げ込みぬ連弾尽き

羆撃ち抜きたる臼歯届出でぬ

熊の糞径に渦巻く跨ぎ越す

熊の胆を網に乾す小屋錠巨大

銃声の木霊返るや熊甦る

熊解体先のひしやげし弾抜きぬ

鴨飛散射手硝煙のなかに佇ち

鴨三羽詰めてリュックや川原縁

メガマウス鮫全骨格ぞ歯は微細

巨大杉玉クレーンに吊り蔵師走

頭頂の汗腺緩ぶ柚子湯なる

柔らかに煮て熊肉や深山の香

ゴーグルにマスク装備ぞ鳥屋掃除

歳末慰問サンタ単車を吹かし来る

先鋒を為遂ぐ雪玉胸に受け

雪代岩魚

令和元年

雪代岩魚釣れて刺身ぞ塩に食ふ

遠火に乾し雪代岩魚山みやげ

赤松製経木より剝ぎ草餅食ふ

コッヘルの珈琲吹きぬ雪解沢

沼尻に鮒巣離れや背鰭みせ

子羊をバケツに量る牧舎春

歩兵鍛へし跳下台とぞ花冷ゆる

瑞鶴艦長発ちし門なり椿咲く

竹串に小綬鶏焼きぬ骨ごと食ふ

彫金入りイタリー銃を磨く春

フレコンバッグ積みて春野や千余箇所

龍太表札鱒二の揮毫緑さす

竹落葉掃く龍太手製の箒もて

鉱泉宿に龍太昼寝や雲母閉ぢ

廬の池や魚籠の鰻を一夜措く

杣人の山盧訪なふ日焼け腕

狐川に鰻仕掛けや二匹入り

山盧に飲み井戸水やはし新樹光

夏菊や天心の墓どまんぢゅう

夏館乙字トランク鍵二つ

天心邸廊下幅広卯浪晴れ

竹筒酒山女魚の腸をかりと揚げ

山女魚干す鰓より口へ笹の枝

チタンカップに水出し紅茶沢涼し

太鼓十基に幣震へたり海開き

臨海学校カレー御代はり二杯まで

蒸るる夜や白鼻心鳴き犬吠ゆる

野宿なり蕗の葉焼べて虫遠ざけ

網一振り羽黒蜻蛉の番入る

ブルマーの子の手の湿り踊りの輪

谿に釣る爆竹に熊追ひ払ひ

あとがき

私が澤俳句会に初参加したのは、二〇一〇年の澤創立十周年記念祝賀会であった。小澤主宰に温かく迎えて頂いた事を鮮明に覚えている。そして二〇二〇年、澤は創立二十周年を迎え、私は古希となった。此れを機に第一句集を発刊することとした。

俳句を始めたのは五十歳頃で、千葉県内の結社（故伊藤白潮主宰「鴫」）にお世話になった。その後、諸事情から澤に移り、小澤主宰のご指導を受け、モノを中心に詠むようになり、俳句観が大きく変わった。

二〇一五年に銃猟許可を得て、狩猟の句を作り始めたところ、主宰から今後のテーマとして取組んではどうか、とお勧めがあった。その時点から、他人が余り扱わない魅力的な句材が多いと気付き、両趣味の相乗を目指すようになった。

先史以来、我ら祖先は米作を始めるまで、狩猟・漁労・採集により生活や信仰を培ってきた。不肖の子孫である私も、祖先の魂を受け継ぎ、自然や獲物に感謝する場面を、俳句表現できたらと考えている。因みに祖先と言えば、私の俳号は家祖である兵庫県神戸の左官屋（職業）の屋号宇兵衛を頂いている。

小澤主宰には、極めてご多忙のところ、再選をお願いした上、身に余る序文を頂戴し、深く感謝いたします。また、澤俳句会の皆様および装幀・デザインを担って頂いた山口信博様に、心より厚くお礼申し上げます。

最後に、今回口絵の短冊を書いてもらうなど、長年支えてくれた妻麗子には心から万謝します。

令和五年六月

左官屋 宇兵衛

著者略歴

左官屋宇兵衛（さかんや・うへえ）
本名　左官治郎

昭和二十五年　神戸市東灘区御影石町生まれ
昭和四十八年　慶應義塾大学法学部法律学科卒
　　　　　　　株式会社千葉銀行勤務
平成二十一年　澤俳句会入会　小澤實に師事
平成二十七年　千葉市猟友会入会
平成二十九年　澤潺潺賞受賞

澤同人
俳人協会会員

現住所　〒二六四―〇〇一五　千葉市若葉区大宮台二丁目二四番二号
j.sakan@jcom.zaq.ne.jp

句集　イタリー銃　いたりーじゅう　澤俳句叢書第二十七篇

二〇二三年九月一八日　初版発行

著　者――左官屋宇兵衛
発行人――山岡喜美子
発行所――ふらんす堂
〒182-0002 東京都調布市仙川町一―一五―三八―二F
電　話――〇三（三三二六）九〇六一　ＦＡＸ〇三（三三二六）六九一九
ホームページ http://furansudo.com/
E-mail info@furansudo.com
振　替――〇〇一七〇―一―一八四一七三
装　幀――山口信博＋玉井一平
印刷所――日本ハイコム㈱
製本所――㈱松岳社
定　価――本体二八〇〇円＋税
ISBN978-4-7814-1579-6 C0092 ¥2800E